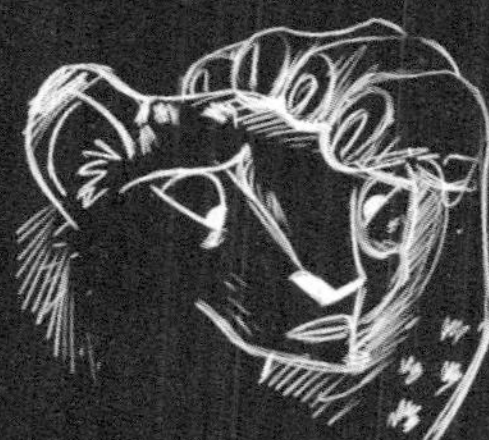

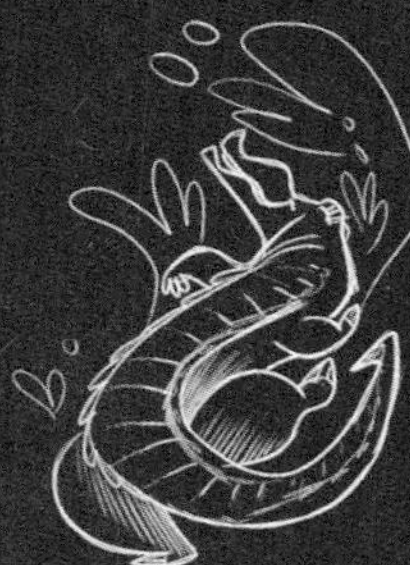

SUPER FIERAS

# LA COBRA DORADA

Travessera de Gràcia, 47-49
08021 Barcelona



Primera edición: febrero de 2012



ISBN: 978-84-488-3305-3
Depósito legal: B-926-2012
Impresión: Grafomovi
Encuadernación: Baró

BE 3 3 0 5 3

SUPER FIERAS

# LA COBRA DORADA

Beascoa

# SUPER FIERAS

## MITCH

**Animal:** León
**Habilidad:** Súper fuerza
**Características:** Es el líder del grupo. Le apasiona la carne, por eso no debe extrañarte oírle decir: «¡Chuletas y chuletones!». Es valiente y racional, y no te recomendaría que le vieses enfadado...

## SHALMA

**Animal:** Cocodrilo
**Habilidad:** Invisibilidad y teletransporte
**Características:** Es una cocodrilo muy curiosa y de carácter aventurero, aunque a veces demasiado inconsciente. Intrigada por todo, su expresión favorita es: «¿Por qué?»

# BLINK

**Animal:** Guepardo
**Habilidad:** Súper velocidad
**Características:** Siempre lista para actuar, aunque a veces peca de impaciencia. Es coqueta y su rapidez le permite tener tiempo para arreglarse. Cuando se pone en marcha, siempre dice: «<¡Apártese quien pueda!».

# VASYL

**Animal:** Elefante
**Habilidad:** Telequinesis
**Características:** De carácter afable, fiel y buen compañero. Es bastante miedica y siempre se tapa los ojos con las orejas cuando surgen complicaciones.

# HIP Y HOP

**Animal:** Monos
**Habilidad:** Súper flexibilidad
**Características:** Son hermanos y suelen estar de buen humor. De carácter bromista, su pasatiempo favorito es tomar el pelo a Vasyl. Cuando Hip dice: «Yo mando», su hermano siempre contesta: «Tú mandas, pero yo hago lo que me da la gana.»

1

# El zoco

A pesar del aire acondicionado, salí de la ***supercaravana*** sudando como un pollo. Hacía calor.

**¡Chuletas y chuletones!**

¡Hacía muchísimo calor! Después de nuestro paso por Laponia, ¡quién me iba a decir que el sol pudiese calentar tanto! Allí estaba, flotando en un cielo azul completamente despejado, parecía una inmensa **bola de fuego** empeñada en convertirnos en un suculento asado.

Miré a mis **compañeros**, esperando escuchar sus

quejas. Pero a ninguno de ellos parecía molestarle aquel calor infernal. La **coqueta** de Blink, ¡estaba **entusiasmada**! Se había puesto unas gafas de sol rosas con forma de **corazón**... y se estaba

embadurnando con crema solar. **¡Y Shalma la imitaba!**

–Esto es inaudito… –murmuré para mis adentros.

Vasyl había usado su **TELEQUINESIA** para agenciarse una **refrescante** limonada aunque no parecía estar pasando calor. En cuanto a Hip y Hop… ¡tan bromistas como siempre! Tendrías que haberlos visto, vestidos con camisas **hawaianas** de lo más llamativas, **gafas de sol**, Hip con una gorra roja, Hop con un sombrero de paja… En fin, como veis, las Superfieras formamos un equipo de lo más original.

De repente, una inmensa **bola de pelo blanco** apareció a mi lado. Parecía echar humo por los pies.

–¡Otto! –exclamé al verle–. Tú sí que debes de estar pasando calor.

–Tremendo **calor**, bajo este sol abrasador –contestó, haciendo una simpática rima.

Otto no lo debía estar pasando nada bien. Imaginaos, ¡un **oso polar** en pleno desierto!

Habíamos recibido un **aviso** en el sistema de comunicación de la ***supercaravana***, solicitando nuestra presencia en aquel lugar. Al parecer, últimamen-

te habían sido **robadas** numerosas joyas y la policía estaba desconcertada, porque no encontraba ninguna **pista** que pudiera conducirle a algún sospechoso. El ladrón, por decirlo de algún modo, era **indetectable**. Quizá podía hacerse invisible como Shalma. En ese caso, sin duda, era necesario que las **Superfieras** entrásemos en acción.

Y allí estábamos, **adentrándonos** en uno de esos **zocos**. Desde que nos habíamos hecho **famosos** resultaba curioso comprobar cómo la gente se había **acostumbrado** a nuestra presencia. Incluso en aquel **lugar**, todos nos saludaban **cariñosamente**.

–Shalma y yo vamos a curiosear un poco por ahí –dijo Blink, perdiéndose junto a la cocodrilo entre los puestos de **ropa y bisutería**.

–Yo me iré con Hip y Hop –dijo el joven Tony.

Me pareció una buena idea. Así **VIGILARÍA** a los dos monos. Vasyl y Otto también se fueron por su cuenta, con lo que, en **un abrir y cerrar de ojos**, Cornelius y yo nos habíamos quedado solos.

–Bien, ¿qué opinas de este caso? –dijo Cornelius.

–No tengo ni la menor **idea** de por dónde podemos hincarle el diente –respondí, como si el caso fuese una **chuleta de buey**–. Sin pistas, sin testigos… Me temo que tendremos que esperar a que el **ladrón** actúe de nuevo para poder intervenir.

–En ese caso, creo que podemos…

De pronto, la calma que invadía el **ZOCO** se evaporó, igual que una gota de agua en el desierto.

–¡Al ladrón! ¡Al ladrón! ¡Me han robado los pendientes!

–**¡Chuletas y chuletones!** –exclamé–. La que pide ayuda es… ¡Blink!

Unos **segundos** más tarde, nos encontrábamos junto a ella. Estaba muy **alterada** y no comprendía cómo había podido pasar.

–No lo sé –repetía una y otra vez–. No me he dado cuenta de nada. Cuando me he llevado las **zarpas** a las orejas, ya no estaban.

–¿Y tú, Shalma? –pregunté–. ¿No has visto nada fuera de lo normal?

La cocodrilo meneó la cabeza. ¿De qué iba a servir la ***súper velocidad*** de Blink en un caso así? ¿Y la **invisibilidad** de Shalma?

–¡Por todos los cacahuetes! –exclamó Vasyl–. ¡A mí también me han robado mi arete!

Entonces, fruncí el ceño y me crucé de brazos.

¿Qué pretendía el **ladrón** con estos robos? ¿Reírse de las **Superfieras**? En cualquier caso, tarde o temprano daríamos con su **secreto** y, cuando lo hiciésemos, lo atraparíamos.

2

# Robo en el Museo

Tras los **robos** sufridos por Blink y Vasyl, decidimos quedarnos toda la mañana paseando por el **ZOCO**, buscando alguna **pista**. Y quien sabía, tal vez el **ladrón** volvería a actuar. Lo que supondría una nueva oportunidad para **atraparle**.

Blink disfrutó de lo **lindo** probándose distintos tejidos y ropas de múltiples **colores**. Estaba tan **entretenida** que si el misterioso ladrón le hubiese vuelto a robar, ni se habría enterado. Por su parte, Vasyl se entretuvo admirando los ejercicios

que hacía un faquir con espadas y antorchas, mientras que Shalma optó por pararse frente a un puesto de especias. Se pasó más de una hora haciendo preguntas al vendedor acerca de los diferentes usos de las especias.

Pero los que más **disfrutaron**, fueron Hip y Hop. Justo en la plaza central del **ZOCO** había un **encantador de serpientes**, rodeado por ocho cestos de mimbre de un **tamaño** considerable. Como por arte de **magia**, las serpientes que

había dentro de los cestos bailaban al son de la **melodía** que el **encantador de serpientes** tocaba con su flauta.

–¿Te **imaginas** que Vasyl pudiese hacer algo así con su trompa? –preguntó Hip.

–¿Vasyl haciendo bailar a las **serpientes**? ¿Bromeas? –replicó su hermano–. ¡Se moriría de **MIEDO**!

–Puede que tengas razón –dijo Hip.

El resto de la **jornada** transcurrió sin grandes novedades, por lo que decidimos regresar a la **supercaravana** a cenar y reponer fuerzas. Se me hacía la boca agua solo de pensar en el sabroso **chuletón** que me estaría esperando. De hecho, tan pronto llegamos, abrí la **supernevera** y saqué la **bandeja** que Tony tenía por costumbre prepararme siempre.

Estaba a punto de **hincarle** el diente, cuando una **alarma** sonó en el panel de control. Inmediatamente, Hip se **ABALANZÓ** sobre el teclado del ordenador central.

–Yo mando –dijo, sin perder un instante.

–En ese caso… yo hago lo que me da la gana –replicó Hop. Sin **cortarse** un pelo, le quitó el taburete y su hermano cayó, **rebotando** contra el suelo.

Al final, Shalma tuvo que mediar entre ambos y fue Blink quien, en **un abrir y cerrar de ojos,** se apoderó de los mandos.

–Oh, oh… Tenemos **problemas** –dijo, sacudiendo la cabeza–. Parece que nuestro amigo ha vuelto a actuar. Y por lo visto ahora apuesta más fuerte.

–¿Por qué lo dices? –pregunté.

–Porque la alarma procede del **Museo Arqueológico** de la ciudad.

¿Qué habría robado esta vez? Fuera lo que fuera la **ALARMA** seguía sonando. Había llegado el momento de que las **Superfieras** entrasen en acción.

Con Cornelius al volante, la **supercaravana** se plantó en la entrada del museo en un santiamén. ¡Antes incluso que la **policía**!

En la calle ya se agolpaba un buen número de **curiosos** entre los que, apostaría mi cena de esa noche, se encontraba el **ladrón**. ¿Alguien podría explicarme por qué, en vez de salir corriendo, a la mayoría de los ladrones les gusta quedarse un rato a observar entre la **multitud**?

Sea como fuere, no nos detuvimos demasiado y accedimos al impresionante recibidor del museo.

Allí se encontraba el gerente. Era un hombre de mediana **estatura** y de complexión delgada. Y aunque era bastante **MORENO** de piel, estaba *pálido* como la cera.

Después de presentarnos, recuperó buena parte de su color **habitual**.

–¡Superfieras! ¡Es toda una suerte que estéis aquí!

–Hemos venido tan pronto hemos recibido el aviso –dije–. ¿Qué ha sucedido?

–¡Algo horrible! ¡Una **HECATOMBE**! El… el… el fin del mundo.

Me rasqué la **melena**. Sin duda, aquel hombre estaba al borde de un ataque de nervios.

–¿Pero va a decirnos qué han **robado** o no? –preguntó Hop un tanto impaciente.

–**¡El ojo de la Cobra Dorada!** –exclamó el gerente.

## 3

# Takan, el encantador

Nos quedamos mirando al gerente del museo como si nos estuviese hablando en chino. **¿El ojo de la Cobra Dorada?** ¿Por qué se suponía que era toda una **TRAGEDIA** que se hubiesen llevado aquel objeto? Sí, por lo general, las piezas que se exponían en los museos solían ser de gran **VALOR**. Pero de ahí a que una de ellas fuese tan importante como para causar el fin del **mundo**...

El hombrecillo nos condujo a través de las diferen-

tes **salas del museo**. Había estatuas y armas **antiguas,** grandes columnas y, por supuesto, alguna que otra momia que Vasyl contempló con cierto recelo. Después de **atravesar** varias salas, llegamos a la estancia donde se había producido el robo. Justo en el centro de la habitación, se hallaba una base de madera maciza. Sobre ella había un cojín rojo bordado en oro, donde se suponía descansaba el famoso **ojo de la**

**Cobra Dorada**. En el suelo, a poca distancia de la base, encontramos una campana de cristal que, sin duda, protegía la joya.

–¿Qué forma tiene exactamente? –preguntó la curiosa Shalma–. Viendo el **cojín** debe de ser de un tamaño **considerable**...

–Es un **RUBÍ** del tamaño de un **huevo** de avestruz –dijo el **gerente** del museo–. Está considerado uno de los rubíes más grandes del mundo.

–Ya veo –asentí–. ¿Y por qué dice que es tan peligroso? Yo diría que, quién lo ha robado, únicamente pensaba en su valor...

Pero el gerente **sacudió** su cabeza.

–No, no, no. Estoy convencido que el que lo ha robado conocía la **leyenda** –dijo en un susurro apenas audible.

–¿La leyenda? ¿Qué leyenda? –preguntamos todos al unísono.

–**Shhh...** No habéis tan alto. Muy poca gente sabe de ella y, si se diese a conocer precisamente ahora, cundiría el **PÁNICO**.

–Bien, háblenos de esa **leyenda** – dije convencido de que no había para tanto.

–Debemos **remontarnos** a tiempos inmemoriales –dijo el gerente con voz *trémula*–. Por aquel entonces, una **TERRIBLE CRIATURA** dominaba la faz de la tierra. Era poderosa y cruel, además de muy ambiciosa.

–**La Cobra Dorada**, es la criatura señalada –adivinó Otto, como si de un acertijo se tratase.

–¡Exacto! –exclamó el hombre, chasqueando los dedos–. La Cobra Dorada era una criatura **legendaria**, tan grande como un edificio de cinco plantas, y más temida que los **dragones** en la época de los **caballeros**. Por eso, los habitantes de las distintas **poblaciones** de la zona donde habitaba acostumbraban a entregarle grandes **cantidades de oro**, para evitar que la serpiente arrasara sus localidades a su paso por ellas. Y es que, si no recibía un tributo generoso, **la Cobra Dorada** sembraba la **DESTRUCCIÓN** allá por donde pasaba.

–**SIMPÁTICO** el animalito –murmuró Hop.

El gerente sonrió ante el **CHISTE** del mono.

–La situación llegó a ser insostenible y pronto comenzaron a surgir los **cazarrecompensas**. Pero todos fueron derrotados… Desesperado, el cacique de la población más grande de la zona, le

pidió a Takan, **el encantador de serpientes**, que compusiera una melodía para derrotar a la serpiente. Takan, que adoraba estos animales, se negó a matar a **la Cobra Dorada**, pero se comprometió a componer una **melodía** que encantara a la serpiente sin matarla. Y así fue. Un día, armado únicamente con su **flauta**, Takan se adentró en la guarida de la Cobra Dorada, tocándola. Efectivamente su **música** encantó a la serpiente y, desde aquel momento, esta no volvió a **AMENAZAR** ni una sola localidad más.

–Lo que daría por conocer esa melodía –suspiró Tony que era todo una maestro de la flauta.

–Entonces... ¿la mató? –preguntó Blink.

–Según la leyenda, no –contestó el gerente–. Al oír la melodía, la Cobra Dorada se transformó en

**piedra**, y sus ojos en **dos piedras preciosas**: un increíble rubí… y una hermosa esmeralda.

–Humm… La historia es **APASIONANTE** –comenté–, pero sigo sin comprender por qué el ojo de **la Cobra Dorada**, es tan importante.

–¡Es lo más **IMPORTANTE** de todo! –exclamó el gerente del museo–. Como os he dicho, Takan apresó a la **serpiente** en un cuerpo de piedra. Entonces cogió **el rubí y la esmeralda** en los que se habían convertido sus **OJOS** y los escondió en dos lugares **secretos**. El hechizo se rompería en el momento en el que alguien volviese a colocar las dos gemas en sus respectivas cuencas.

Sólo con oír la historia, Vasyl estaba al borde de **un ataque de nervios.**

–Ya veo –asentí–. Y, por curiosidad, ¿sabemos

dónde se encuentra la famosa **ESMERALDA**?

–En… en el **Palacio del Sultán** –contestó muy, muy bajo–. Está muy bien custodiada.

–Ah, pues en ese caso no hay de qué preocuparse –dijo Hip entre risas–. Mientras la **serpiente** esté tuerta, no creo que cause muchos problemas.

4

# El palacio del Sultán

Una vez el gerente hubo terminado de contarnos **la leyenda de la Cobra Dorada**, decidimos revisar a fondo la sala por si encontrábamos algún **detalle** que pudiese darnos alguna pista. A simple vista, no había nada **sospechoso** excepto la **campana de cristal** del suelo. Shalma se acercó a ella…

–¡Aquí parece que hay algo! –exclamó.

Cuando nos **acercamos**, Shalma exhaló un poco de aire por sus orificios nasales y el cristal se empañó. Entonces la vimos. Era una **huella** que iba de arriba abajo, como si alguien le hubiese dado un **lengüetazo** al cristal.

–¿Qué puede ser esto?

La pregunta de Blink quedó en el aire. La policía llegó en ese preciso **instante** y, después de intercambiar algunos saludos, nos dio la fatal noticia:

–Nuestro **retraso** se ha debido a que, prácticamente al mismo tiempo, hemos recibido el aviso de otro robo… en el **palacio del Sultán** –dijo el jefe de policía.

## ¡Chuletas y chuletones!

–¿Ha dicho en palacio del Sultán? –pregunté, como si no hubiese oído bien.

—Así es.

—No irá a decirnos que han robado una **esmeralda**, ¿verdad? —dije.

—Pues la verdad es que sí —contestó el policía, frunciendo el **ceño**—. ¿Cómo lo sabes?

En aquel instante tuve un mal presentimiento. Empezaba a tener la **sensación** de que la historia que acababa de contarnos el gerente del museo sobre **la Cobra Dorada** y Takan podía tener algo de cierto. Por lo que decidimos que visitar el **Palacio del Sultán** era una buena opción.

Antes de salir del museo, el gerente se llevó a Tony a un rincón. «¿Qué tramarán?», pensé.

–No he podido evitar oír lo que has dicho sobre conocer la melodía. Toma, pero me has de prometer que tendrás cuidado –le dijo el gerente a Tony, dándole un viejo pergamino.

Tony asintió con la cabeza, agradecido.

Al cabo de un rato, aparcábamos la ***supercaravana*** cerca de la puerta principal de los jardines del palacio. ¡Aquello más que un palacio era

una **fortaleza**! Vallas *electrificadas*, cámaras de vigilancia por todas partes, **guardias** uniformados... ¡Parecía **IMPOSIBLE** colarse dentro sin ser visto!

En seguida me entraron ganas de echar **abajo** la puerta **BLINDADA**, para comprobar si mis **músculos** seguían en forma. Pero al final opté por la buena **EDUCACIÒN** y pulse el botón del intercomunicador.

–Mi nombre es Mitch –me presenté–. Hablo en nombre de las **Superfieras**. La policía nos ha informado de que se ha producido un robo...

Un **chasquido** resonó en la puerta que se alzaba ante nosotros y la lámina de **ACERO** se deslizó a un lado. Entonces, apareció frente a nosotros un niño de unos diez años, vestido con una **camiso-**

**la** de seda azul y unos **pantalones** bombachos a juego, sujetos por un **cinturón** dorado. Unas **babuchas** blancas y un **turbante** de gran tamaño completaban su atuendo.

–Buenos días, **Superfieras**. Sed bienvenidas a mi Palacio –nos saludó amablemente.

5

# La cámara acorazada

Fue el propio sultán quien nos condujo hasta la **cámara acorazada** donde había permanecido custodiada la esmeralda de **la Cobra Dorada...** hasta aquel día.

**¡Chuletas y chuletones!** Me pareció un lugar impenetrable.

–No entiendo por dónde han podido entrar –dije.

–Yo tampoco –confesó el **sultán**–. Pero está claro que el ladrón ha encontrado una manera de hacerlo, porque la **joya** ha desaparecido.

Parecía **IMPOSIBLE** que alguien hubiese conseguido entrar allí… Pero más **IMPOSIBLE** aún escapar. Sobre todo, cuando habían saltado todas las **alarmas**. Era muy importante actuar con rapidez. Cabía la posibilidad de que el **ladrón** se hallase aún en el interior del palacio.

Entonces, Otto tuvo una **genial** idea.

–Aunque un hueco pequeño exista, el agua hará que sigamos la pista.

–¿Pretendes **inundar** la cámara? –preguntó Hip.

El oso polar asintió.

–¿De verdad puedes hacer eso?

Resultaba **OBVIO** que podía hacerlo. Si no, no lo habría propuesto.

En un abrir y cerrar de ojos, Blink puso a buen **recaudo** todos los objetos que había dentro de la cámara Y Otto tomó el mando.

–¿Podemos quedarnos dentro de la cámara? –propuso Hop.

–¡Si no sabemos **NADAR**! –protestó Hip.

–Pero nos podemos **hinchar** como globos para **flotar**.

–Yo **mando** y digo que no.

–Y yo hago lo que me da la **gana**, así que me quedo dentro –sentenció Hop–. Además, si descubrimos algún hueco, puedo aprovechar mi **SÚPER ELASTICIDAD** para colarme por él...

Aunque no le hacía ninguna gracia mojarse, al final Hip se quedó con su **HERMANO**. Si se echaba atrás, demostraría que tenía **MIEDO**... ¡Y Vasyl se lo echaría en cara toda la vida! Shalma también se quedó en la **cámara**. No había mejor nadadora que ella.

Cerrada la puerta, Otto convocó al **AGUA**. En apenas unos minutos, la cámara se llenó y... **¡Bingo!** Descubrieron que la tapa de uno de los **respiraderos** estaba suelta, y dejaba un agujero de unos veinte centímetros de diámetro. La pregunta era... ¿quién era capaz de colarse por un agujero tan pequeño, en el que a duras penas cabía **el Ojo de la Cobra Dorada**?

En cuanto el **AGUA** alcanzó el nivel deseado, Hip y Hop siguieron con el **PLAN** previsto, y estirándose como dos **espaguetis**, se introdujeron por el agujero.

–Van a tardar **DEMASIADO** en recorrer todos los conductos –apuntó Shalma, que **flotaba** plácidamente a escasos centímetros del techo–. ¿Crees que podrías **ayudarles** un poco, Otto?

–¡No lo dudes! –exclamó el oso.

Y **guiñándole** un ojo a la cocodrilo, proyectó un **POTENTE** chorro de agua por el **CONDUCTO** de ventilación.

# 6

# Conductos de ventilación

Hip y Hop estaban a punto de celebrar su **hallazgo** con un choque de palmas cuando un **estruendo** resonó a sus espaldas.

–¿Qué ha sido eso, Hop?

–No lo sé pero yo no he sido.

Acto seguido, Hip sintió cómo un impresionante **CHORRO DE AGUA** le empujaba por detrás. Le fue imposible oponer **resistencia** y terminó impactando contra su hermano. La fuerza del agua era tal, que comenzaron a recorrer aquel **Laberinto** de conductos como las balas. Veían pasar a gran velocidad entradas y salidas de túneles, que iban quedando inundadas a su paso.

Entonces, de **refilón**, la vieron. ¡Era una **SERPIENTE**! Reptaba todo lo rápido que su escurridizo cuerpo le permitía. Nada más verla, Hip y Hop tuvieron la **certeza** de que ella había sido la responsable del **robo**: ¡su vientre estaba tan abultado como si hubiese engullido un huevo de avestruz!

–¿Has visto eso? –preguntó Hop.

–¡Claro que lo he visto! –exclamó su hermano–. ¡Pero no podemos dar marcha **atrás**!

Lo que **decía** Hip era completamente **cierto**. El agua seguía impulsándolos con tanta **fuerza**, que la imagen de la **SERPIENTE** desapareció en menos de lo que se tarda en parpadear.

–Cuando salgamos de esta, voy a tener unas **palabritas** con Otto –protestó Hip, que empezaba a **marearse** con tanto **vaivén** por los conductos de ventilación.

**Afortunadamente** para los dos hermanos su periplo por aquellos conductos **CLAUSTROFÓBICOS** llegó pronto a su fin. Un par de recovecos después…

**¡CLONC!**

Chocaron contra una rejilla de ventilación que daba al exterior del **Palacio del Sultán.** Pero los monos llevaban tal *impulso* que la rejilla no resistió el **embate**, y Hip y Hop fueron catapultados a los jardines del palacio. Lo mismo le sucedió a la **SERPIENTE** ladrona, que salió al exterior por otro de los agujeros.

Afortunadamente para las **Superfieras**, Hip y Hop la vieron **caer** no muy lejos de su posición. Era una **cobra**, sin duda, pero no demasiado grande. Al menos, nada comparable con lo que debía ser **la Cobra Dorada...**

# 7

# La persecución

–¿Que habéis hecho qué? –rugí, **atónito** por lo que estaba escuchando.

Shalma y Otto acababan de salir de la **cámara**, una vez que el oso la había vaciado de agua enviándola por los conductos de ventilación. Tan pronto como la **cocodrilo** había terminado de explicarnos lo sucedido, Blink salió disparada como una **CENTELLA**.

–¡Apártese quien pueda! –gritó, pues no había tiempo que perder.

En un **segundo**, la guepardo estaba en los jardines. Llegó justo a **TIEMPO** para ver a Hip y Hop **estirarse** como mantas y aprovechar sus cuerpos como improvisados **paracaídas**. También vio, un poco más allá, a la serpiente ladrona, que como no tenía el **PODER** de los monos cayó a plomo sobre el suelo.

–¡Blink! ¡Que se **escapa**! –exclamó Hop desde las alturas.

–**Tranquilos**, la tengo controlada –contestó la guepardo.

En ese preciso **momento**, llegamos los demás miembros del equipo. Al ver que Hip y Hop **aterrizaban** a salvo, no perdimos el tiempo en discusiones. Había que atrapar al ladrón, bueno a la ladrona, y recuperar el ojo de **la Cobra Dorada.**

–¡Vamos!

–Un momento, Mitch –dijo Blink–. Tengo una **idea mejor**…

–Cuéntanos.

–Si atrapamos a esa **SERPIENTE**, es cierto que recuperaremos el objeto robado… pero perderemos la oportunidad de hacernos con el otro ojo de **la Cobra Dorada.**

–¡**Chuletas y chuletones!** ¡Estás en lo cierto!

–En cambio, si dejamos que esa serpiente huya y la seguimos a cierta **distancia**… ¡podría conducirnos hasta la otra **piedra**!

–¿Y si se cuela en una cueva **gigante** y oscura –preguntó Vasyl con voz *temblorosa*– donde luego resulte haber un nido de serpientes?

–**Luchar** deberemos y a buen seguro venceremos.

–¡Así se habla, Otto! –exclamó Hip, que parecía haberse ***recuperado*** de su experiencia en los conductos de ventilación.

La idea de Blink me parecía **INTELIGENTE**. Y con ese **PLAN** en mente, nos pusimos en marcha. La primera medida urgente que tomamos, fue pedir al **sultán** que desactivase todas las trampas ocultas que había en el jardín. La **SERPIENTE** debía escapar sin grandes dificultades y nosotros nos encargaríamos de seguirla.

–Le prometo que mañana tendrá usted de vuelta el ojo de **la Cobra Dorada.**

Inmediatamente después, regresamos a la ***supercaravana***. Desde allí, con el súper sistema de seguimiento vigilaríamos a la **SERPIENTE** sin ser vistos.

# 8

# El cántico

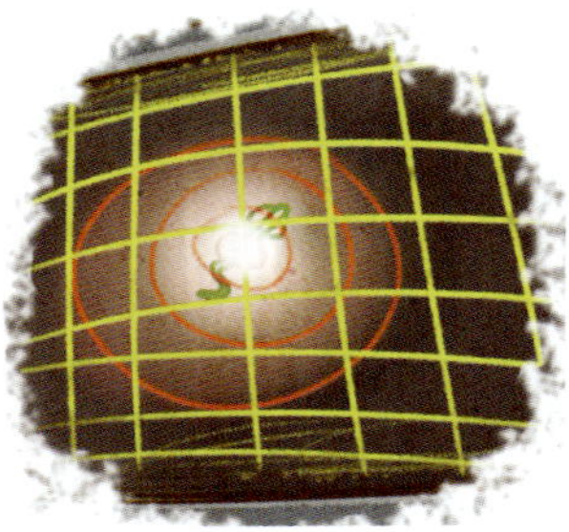

Dejamos atrás los **jardines** y las **callejuelas** pavimentadas de la ciudad, para adentrarnos en **áridos terrenos** donde apenas crecía una planta. **Afortunadamente**, el sol se pondría en el **horizonte** en pocos minutos, con lo que el **calor** disminuiría considerablemente. Acabábamos de entrar en un **desfiladero**, cuando el ordenador detectó que era un camino sin salida. Mejor dicho, el **camino** terminaba en lo que parecía un portalón, tan estrecho que no había más **REMEDIO** que traspasarlo a pie. Aparcamos la ***supercaravana*** e hicimos el resto del trayecto andando.

–A partir de ahora **debemos** ir con mucho ojo –advertí.

–¿De verdad vamos a entrar ahí ahora?

Vasyl amagaba con **taparse** los ojos con sus **orejotas**. La verdad es que no era la **PRIMERA** vez, ni sería la **ÙLTIMA**, que se internase en un sitio como aquel a la caída del sol, pero no acababa de acostumbrarse.

–Me temo que sí, Vasyl –contestó Shalma.

Caminamos en silencio por el desfiladero, siguiendo el rastro que había dejado la serpiente. Poco después, nos topamos con otra misteriosa puerta.

–Yo iré delante… –se ofreció Hip.

–Yo te sigo –apuntó su hermano.

Fruncí el **ceño**, pensando que iban a comenzar a **discutir**, como siempre hacían. Pero, por suerte, me **equivoqué**. En aquel momento necesitábamos todo el silencio del mundo… y, como si me hubieran leído el **pensamiento**, eso fue lo que hicieron los monos. Siguieron caminando en **silencio**.

La **PUERTA** se abría ante nosotros, dándonos la **bienvenida** con una oscuridad impenetrable. Muy a mi pesar, íbamos a necesitar **encender** nuestras linternas. De lo contrario, terminaríamos **PERDIDOS** o podríamos caer por algún agujero. Lo peor de todo era que, con toda seguridad, **DELATARÍAMOS** nuestra posición.

Entonces, Hip y Hop nos indicaron con gestos que

guardásemos las **linternas**. Pronto comprendimos por qué.

Una hilera de **antorchas**, bastante separadas entre sí, iluminaba tenuemente el camino. Aquello resultaba de lo más **sospechoso**. Cuanto más nos adentramos en aquel **misterioso** santuario, más extraño nos parecía todo. De pronto, un **murmullo** llegó a nuestros oídos. Era una especie de cántico.

**¡Alguien estaba cantando!**

*Oh, Cobra Dorada que tantos años has dormido.*
*Rojo y verde, tus ojos han reaparecido*
*y por el poder que me ha sido conferido...*

Llegamos justo a tiempo para ver quién estaba recitando aquella canción y, no sé por qué, no me sorprendí al descubrir quién era. **¡Se trataba del encantador de serpientes!** ¡El mismo que habíamos visto en el zoco aquella mañana!

–**¡Detente!** –exclamé, haciendo que mi rugido hiciese temblar el santuario.

**¡De vuelta a la vida tu cuerpo es requerido!**

Con aquella frase, el encantador dio por concluido su cántico. Se volvió hacia nosotros y dijo:

–¡Llegáis tarde, **Superfieras**! Ahora, mi música controlará a **la Cobra Dorada** y con ella… ¡dominaré el mundo!

De repente, el **santuario** volvió a temblar pero esta vez no fue por culpa de mis **RUGIDOS**. Justo frente a nosotros, un montón de rocas empezaron a **desprenderse**. Por fortuna, Vasyl frenó la caída de aquellas que podían habernos hecho daño.

Entonces la vimos. Una **FIGURA** esculpida en la **PIEDRA** cobraba vida después de varios siglos apresada en aquel lugar. Su tamaño era impresionante.

## ¡Chuletas y chuletones!

Era diez o veinte veces más grande que Vasyl, que ya es decir. Su aspecto era **amenazante** y se estaba preparando para atacar.

Entonces, el **movimiento** del encantador nos pilló desprevenidos. De pronto, una **INMENSA** red apareció bajo nuestros pies y en un abrir y cerrar de ojo, las **Superfieras** nos vimos colgando del techo ante las risas del encantador.

—¡Hasta la vista, Superfieras!

Acto seguido, comenzó a tocar su instrumento y **la Cobra Dorada** quedó hipnotizada. Siguió sus pasos y abandonó la **cueva** tras él, dejándonos allí colgados. Pero nuestros problemas no terminaron ahí. Un minuto después, un **desprendimiento** cerró la entrada del santuario y un montón de serpientes comenzó a agruparse a nuestros pies.

Vasyl, cómo no, comenzó a **temblar**.

## 9

# La Cobra Dorada

### ¡Chuletas y chuletones!

Estábamos en un buen aprieto. Nos habíamos quedado encerrados en un **santuario** perdido en el desierto y estábamos apresados en una red de un material **extremadamente** resistente. Y por si eso fuera poco, un montón de **SERPIENTES** estaban dispuestas a atacarnos si lográbamos poner los pies en el suelo.

Afortunadamente, todavía teníamos nuestros ***superpoderes***.

—¿Creéis que podéis **COLAROS** por los orificios de esta red? —pregunté, dirigiéndome a Hip y Hop.

—Si hemos sido capaces de introducirnos en un conducto de **ventilación**... ¡Esto será pan comido!

—Perfecto.

Shalma podía **TELETRANSPORTARSE** a cualquier parte, pero aún quedaríamos Otto, Vasyl, Blink... y yo. Y Blink estaba empezando a **mosquearse** porque al estar tan apretujada en la red, se le estaba arrugando el traje.

Como os decía, aquella red era de un material muy extraño, **ultrarresistente** diría yo. Pero el tiempo apremiaba y no tenía la más **mínima** intención de dejarme **vencer** por una simple red,

por muy **resistente** que fuera. Introduje mis **zarpas** entre los agujeros de la red, estiré mis músculos con fuerza y… ¡Zas! La red se **PARTIÓ** en dos y caímos a **PLOMO** al suelo. No quiero ni pensar cómo quedarían las pobres **SERPIENTES** que estuviesen debajo de nosotros. ¡Les acababan de caer encima un elefante y un oso polar!

Recobrados del **gol-**

**pe**, Vasyl y yo nos encargamos de **apartar** todas las piedras que **entorpecían** la salida. ¡Debimos tardar cerca de una hora en hacerlo! Cuando lo conseguimos, exhaustos, recorrimos el trecho de **desfiladero** que nos separaba de la supercaravana. Por suerte, no la habían descubierto y Cornelius la tenía lista para salir pitando. ¡Como siempre!

Durante el **viaje** solo prestábamos atención al horizonte, esperando divisar la **gigantesca** silueta de **la Cobra Dorada**. ¿A qué velocidad creéis que puede desplazarse una **SERPIENTE** de ese tamaño? La verdad es que os sorprendería.

–¡Allí está! –exclamó Blink.

–¡Y está llegando a la ciudad! ¡La va a arrasar!

–No si las **Superfieras** intervenimos para evitarlo –dije, muy serio.

Con un último acelerón, adelantamos a **la Cobra Dorada** justo cuando se disponía a aplastar la primera vivienda. La gente huía de sus hogares **ATERRORIZADA**, mientras el encantador lo observaba todo desde la **cabeza de la serpiente**. Iba sentado y tocaba la flauta sin cesar, a la espera de que la **SERPIENTE** hiciese su trabajo.

–¿Tienes algún plan, Mitch? –preguntó Shalma.

No, la verdad era que no tenía ningún **plan** y debía darme prisa en pensar uno, o la serpiente arrasaría la ciudad.

Entonces, **la Cobra Dorada** se dio cuenta de nuestra presencia y se lanzó en picado contra Shalma. Pero ella fue mucho más ***rápida*** que la serpiente y desapareció para volver a aparecer diez metros más lejos.

Al **encantador**, que no estaba dispuesto a que unos **animales** de circo le tomaran el pelo, no le hizo ninguna gracia y reaccionó dirigiendo a la Cobra Dorada hacia un **EDIFICIO** de seis plantas. A su paso, se llevó una boca de agua por delante, pero

**la fuerza del agua** no consiguió frenar a la criatura que, completamente *hipnotizada*, arremetió contra el edificio. El impacto en la base fue tan **BRUTAL**, que este comenzó a tambalearse. Y lo peor de todo era que... ¡aún había gente dentro!

–¡El edificio está a punto de desplomarse! –exclamó Blink.

Sin duda, una nueva embestida de **la Cobra Dorada** y el edificio se derrumbaría sin remedio. Había que **detenerla** como fuese. Pero, ¿cómo? Si el **encantador** la tenía dominada. ¡Eso era! Debíamos detener primero al encantador. **¡Él y su flauta eran los causantes de todo!**

Cuando el ataque de la **SERPIENTE** gigante parecía inevitable, un potente chorro de agua la **despistó** por completo. ¡Otto había entrado en

acción! Había aprovechado el **agua** que manaba del suelo para atacar a nuestra rival.

Por lo menos, logramos ganar unos segundos. Tiempo más que **suficiente** para organizar un plan. Lo que estaba claro era que teníamos que dividirnos. Había que detener a **la Cobra Dorada**, pero también había que **SALVAR** a todas las personas que estaban en el edificio a punto de caer.

–¡Hip! ¡Hop! ¿Podéis subir allí? –dije, señalando dos edificios que había **cincuenta** metros calle abajo. Acto seguido, les expliqué mi idea.

–Subir será **fácil** –contestó Hip–. Pasar de un edificio a otro sin ayuda lo veo más complicado…

–Humm… Shalma, ¿crees que podrías ayudarles?

La **cocodrilo** caviló un par de segundos y dijo:

–Se me ocurre una idea. Nunca lo he probado,

pero creo que podría **funcionar**.

—¡BIEN! ¡Otto! ¡Sigue entreteniendo a la **SERPIENTE** e intenta dirigirla hacia aquellos edificios —le grité—. Vasyl, Blink y yo nos encargaremos del edificio y de esa pobre gente. **¡Adelante Superfieras!**

Mientras Otto alejaba a **la Cobra Dorada**, Vasyl se encargó de frenar la caída del **edificio** con su mente.

–No sé… cuánto aguantará el edificio… en estas condiciones –dijo Vasyl, **esforzándose** al máximo–. ¡Daos prisa!

–¡Vayan **SALTANDO** de uno en uno! –grité a la media docena de personas que habían subido a la **azotea**.

Cuando el primero de ellos venció sus **TEMORES** y vio que lo atrapaba al vuelo, los demás suspiraron **aliviados**. Miré de reojo y sonreí cuando vi a Hip y a Hop subidos a la parte más alta del edificio que les había indicado. Evidentemente, Shalma los había **TELETRANSPORTADO** hasta allí arriba. Después, llegó el momento crítico. Hip anudó bien los pies de su **hermano** a una barandilla, mientras Shalma agarraba los brazos de Hop, que desapareció... y volvió a **aparecer** en el edificio que había al otro lado de la calle con las piernas de Hop estiradas como un **larguísimo** cable. ¡Lo habían conseguido!

Mientras **rescataba** a la tercera persona, vi cómo Hip corría sobre su hermano y se disponía a realizar el número más original de toda su vida.

Allí, en medio de la calle, como si de un **TRAPECISTA** se tratara, Hop dio una… dos… y hasta tres **VOLTERETAS**, antes de volar sobre la cabeza de la Cobra Dorada y arrebatarle la flauta al encantador.

¡Lo habíamos conseguido!

10

# Actuación ante el Sultán

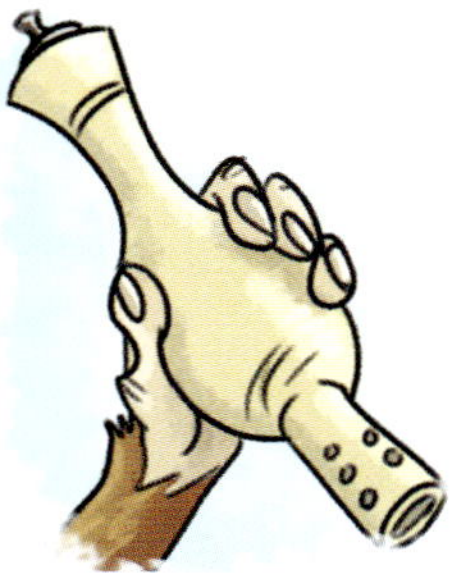

Un potente chorro de agua de Otto hizo caer al encantador de la cabeza de **la Cobra Dorada**, y Blink lo **custodió** hasta que llego la policía.

En cuanto a la Cobra Dorada… ¿Cómo la íbamos a sacar de la **ciudad** si ninguno de nosotros sabía tocar la flauta? Afortunadamente, Tony, que había estado todo el rato bien seguro en la ***supercaravana***, sí sabía. Además, gracias a la partitura que le había **REGALADO** el gerente del museo, se había aprendido de memoria la melodía de Takan. Nada más oírla, **La Co-**

**bra Dorada** regresó al lugar donde había permanecido tantos años **PRISIONERA**. Una vez allí, el **hechizo** de Takan se repitió y la **SERPIENTE** se convirtió en roca una vez más. Y para la alegría de todos, los **DOS OJOS** de la criatura fueron **devueltos** a sus respectivos dueños.

El **sultán** se puso tan contento que nos lo quiso agradecer con lo que más **quisiéramos**. Sí, podríamos haber pedido **oro, joyas, terrenos**... Lo que hubiésemos querido. Pero en esta vida hay cosas más **IMPORTANTES** que los bienes materiales, y una de ellas es la **amistad**. Por eso, pedimos al **sultán** que nos permitiese realizar una

gran **actuación** y dedicársela a nuestro querido Cornelius.

Vosotros habéis sido **TESTIGOS** de que, desde que nos convertimos en **Superfieras**, apenas hemos dado alguna función. Por no decir ninguna. Y es que, ser un ***superhéroe*** requiere mucho tiempo y dedicación. A pesar de todo, Cornelius jamás se ha **quejado**.Y no solo eso, sino que siempre se ha ofrecido a ayudarnos, **conduciendo** la supercaravana… como haría un buen amigo.

Por eso, esta **actuación** iba dedicada a él.

La **CARPA**, más grande que nunca, se llenó hasta la bandera. Hasta el **sultán** aprovechó para

dejar a un lado sus obligaciones y **disfrutar** como el niño que era. Y es que todo el mundo ansiaba ver la actuación de las **Superfieras** dirigidas, cómo no, por el gran Cornelius.

Así, como en los **viejos tiempos,** salimos a la arena a divertir a la gente. Claro que, esta vez, sí hicimos uso de nuestros poderes. Otto, el señor del agua. Hip y Hop, los trapecistas elásticos. Shalma, la invisible. Blink, la súper rápida. Vasyl, la mente inquieta…

Y, por supuesto, yo. Mitch, el león más fuerte del planeta.

SUPER FIERAS

## HORMIGOSAURIOS

Era una noche tranquila, como otra de tantas. Hasta que, de pronto, dejó de serlo. Un resplandor iluminó el cielo y un meteorito colisionó muy cerca de donde estábamos acampados. Creedme, desde entonces, algo cambió en nosotros. Ah, perdonad, no me he presentado, soy Mitch y trabajo en un circo, soy un león. Bueno, pues lo que os decía, desde aquella noche nada volvió a ser igual...

## EL DUPLICADOR

Desde que tenemos superpoderes parece que los villanos nos persiguen. Tan solo hacía tres días que habíamos llegado a la ciudad cuando se inició una oleada de extraños robos. Primero fue el duplicador, un invento capaz de duplicar cualquier cosa, después el robo en un banco. ¿Estarían los dos robos relacionados? ¿Quién sería el responsable? A veces, el malvado es quien menos te esperas… y se esconde muy cerca de ti.

# SUPER FIERAS

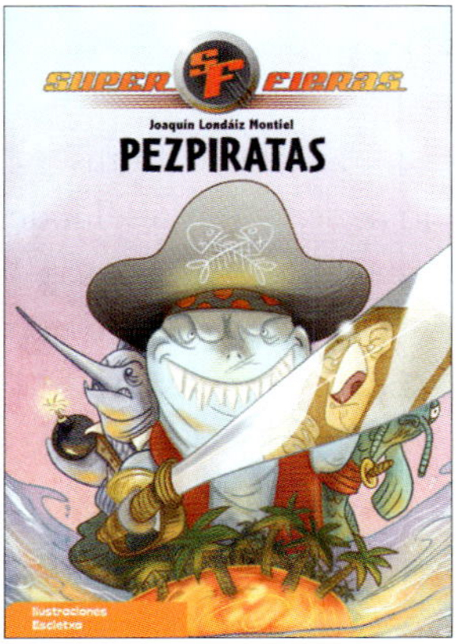


## PEZPIRATAS

En las calles de aquel pueblo pesquero no se veía ni un alma. Por lo visto, el meteorito que nos había dado superpoderes no fue el único en alcanzar la tierra. Otro similar había caído cerca de la costa, haciendo surgir una extraña isla de la nada. Pero si la isla era extraña, ¡qué decir de sus habitantes! Nos enfrentábamos al Capitán Pezpirata y a su terrible tripulación...

## MONSTRUOLANDIA

Chocolate, azufre, mocos de troll, pelos de monos superelásticos, pelos de guepardo superveloz, escama de cocodrilo con el poder de la invisibilidad y un pelo de melena de león con superfuerza. Dejar cocer durante una hora y… ¡listo! El Mago Sin Rostro tenía la fórmula para convertirse en el mago más poderoso de todos los tiempos. Teníamos que impedírselo pero… ¿Cómo? ¡Estábamos atrapados por su magia!

SUPER FIERAS

## ¡AVALANCHA!

Unos gruñidos aterradores resonaron por toda la estación de esquí. Allí estaba, encima del montículo de nieve formado por la avalancha. Era una horrenda criatura de pelaje blanco y ojos azules centelleantes. Era ¡ENORME!... y de su cuello colgaba un extraño amuleto plateado. Con solo mirarlo se te ponían los pelos de punta. Pero no podíamos dejarnos vencer por el miedo, había llegado el momento de que las Superfieras entráramos en acción.

## CARBÓNIDUS

El viento era gélido y soplaba con tanta fuerza que hasta la supercaravana parecía tiritar de frío. Estábamos al norte, muy al norte. Una llamada de socorro nos había llevado hasta allí. Una desaparición misteriosa, un almacén vacío cerrado con diez llaves doradas, unos diminutos seres negros, un bosque oscuro y una fortaleza de hielo salida de la nada... ¡Chuletas y chuletones! Aquello iba a ser difícil de resolver.

# SUPER FIERAS

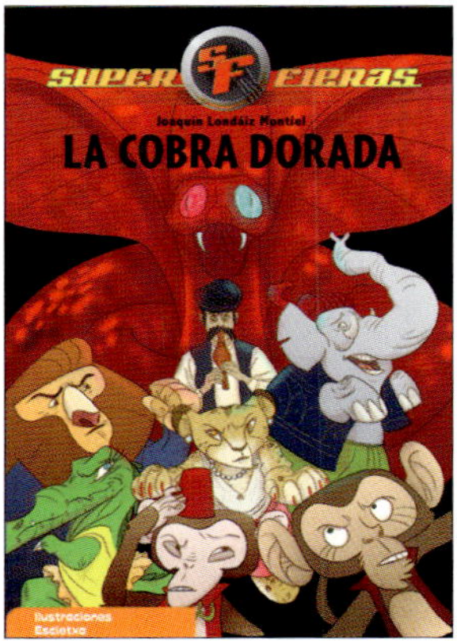


## LA COBRA DORADA

Las Superfieras se enfrentan a un nuevo caso: un ladrón imposible de rastrear, dos robos casi simultáneos en la misma ciudad y un leyenda sobre el fin del mundo, relacionada con los ojos de una cobra dorada gigantesca. Por lo visto, no lo van a tener nada fácil.

## OLIMPIADAS

Los juegos Olímpicos están a punto de empezar y las Superfieras se han desplazado hasta el estadio par a controlar que nadie intente sabotear la ceremonia de inauguración. Pero cuando creen tenerlo todo controlado, ocurre algo increíble: una nave alienígena se posa sobre el estadio y secuestra a todos los deportistas. ¿Podrán las Superfieras salvar la Tierra de la invasión alienígena?

SUPER FIERAS